섬의 애슐리

섬의 애슐리

정세랑 글 × 한예롤 그림

차례

「왜 본토로 가지 않아요?」

유람선이 스노클링 포인트를 돌아 귀항하기 시작하면, 관광객 중의 한 명이 물어 오곤 했다. 대개 그렇게 묻는 사람은 건강해 보이는 4인 가족의 가장이었다. 아무 뉘앙스도 없이 물으려 애썼지만 아무리 애써도 뉘앙스는 실려 있었다. 매번 같은 질문인데도 매번 대답을 망설였고, 그러면 나머지 사람들도 대답을 듣기 위해 한순간 조용해졌다. 그 짧은 음소거의 순간이 견디기 힘들었는지 어땠는지, 지금은 기억나지 않는다.

「섬을 너무 사랑해서 떠날 수 없어요.」

그렇게 대답하면, 아하, 하는 감탄과 함께 수긍하는 사람들이 대부분이었지만, 여전히 미심쩍은 얼굴인 이도 종종 있었다. 그러면 웃으며 이렇게 덧붙여 주었다.

「본토에 갔었지만, 향수병이 너무 심해서 돌아왔어요.」

마침표 같은 거짓말에 다들 고개를 끄덕였다. 본토 사람들은 언제나 그런 식으로, 오만함을 숨기려 노력하면서도 성공하는 적이 없었다. 여섯 시간씩 비행기를 타고 섬에 관광을 오긴 하지만, 관광은 관광일 뿐 제대로 된 일들은 모두 본토에서 일어난다고 여겼다. 섬사람들은 미간을 조금 좁히고 눈을 내리깔고 입술을 내미는 식으로 본토 사람들에게 불편함을 숨기지 않았는데, 그러면서도 제대로 된 반박은 하지 못했다. 나라도 본토에서 태어났으면 그렇게 생각하고 말았을 것이다. 섬에는 아름다운 열대의 풍광 말고는 내세울 게 하나도 없었고, 그마저도 더 아름다운 열대는 얼마든지 있었다. 심지어 본토 사람들마저 점점 더 다른 곳을 찾는 추세였으니, 짙은 퇴락의 냄새가 섬 전체에서 풍겼다. 관광마저 사양 산업이 될 미래가 지척이었다. 그 일이 일어나지 않았더라면 일어났을 일들은 굵은 사슬이 끊겨 나간 형태로 남아 있다.

마땅히 본토에 가야지, 왜 가지 않아요? 게을러요? 멍청해요? 왜 유람선에서 춤이나 춰요? 그렇게 안 생긴 사람이? 결국 정말 묻고 싶었던 질문들은 따로 있었을 것이다. 내가 전형적인 본토의 얼굴을 하고 있었기에 더 그랬는지도 모른다. 섬의 다른 혼혈들과 달리, 엄청난 우성 인자인 섬의 유전자를 피해 나는 말도 안 되는 확률로 본토 사람처럼 보였다. 그저 태닝이 잘된 축처럼……. 외모만으로 본토에 잘 적응하리라고 즉각적인 판단을 내려 버리는 사람들이 나는 늘 신기했다. 그럴 수 있을 리가.

어쩌면 내가 그들을 불편하게 만든 것일 수도 있다. 민속춤은 좀 더 민속적으로 생긴 여자가 춰야 한다고 믿고 있었는데, 엔진에서 이상한 소리가 나는 낡고 작은 유람선의 막간 쇼를 그들을 닮은 내가 하고 있으니 싫었던 건지도. 싫어하거나 말거나 나는 춤을 추었다. 비밀이지만, 사실 섬의 민속춤이란 명맥이 끊긴 지 오래였다. 전쟁 때 남자도 여자도 너무 많이 죽어 버려서 춤을 기억하는 사람이 거의 없었다. 섬사람들도 춤을 추기야 췄겠지만 고정된 양

식 같은 건 다 잊힌 상태에서 관광지로 갑자기 주목받자, 근처 다른 섬들의 춤을 조금씩 따다 섞을 수밖에 없었고, 유구한 전통의 의미 깊은 춤이라고 암묵적으로 함께 거짓말을 했다. 결국 내가 춰도 상관없는 춤이었다. 거스를 정통성 같은 건 없었다.

그 전에는 다른 직업도 물론 가졌었다. 처음엔 미용실 보조를 했었는데, 손이 둔해서 기술이 늘지 않았다. 게다가 손님들이 나를 좋아하지 않았다. 본토의 외모를 선호하는 이들도, 섬의 외모에 자부심을 가진 이들도 공통적으로 나를 못마땅해하는 바람에 오래 일할 수 없었다.

「어떡하겠니? 사람들이 너랑 거울에 함께 비치는 걸 싫어하는데.」

사장은 솔직했다. 적당한 때에 그만두었다.

그다음에는 스카이다이빙 안전 요원으로 한동안을 보냈다. 스물서너 번만 더 점프하면, 강사 자격증을 받을 수 있었는데 그 전에 질려 버렸다. 다른 사람들의 스릴 있는 레저가 내게는 지루하면서 동시에 위험한, 이상한 직업이었다. 가늠이 문제인지 뭐가 문제인지, 언제나 낙하 목표 지점에서 애매하게 먼 지점에 떨어지곤 했던 것도 힘들었다. 낙하산이 무거워서 〈앞서가는 거북이〉같이 버거운 걸음을 옮겨야 했다. (멸종 위기에 처해 있는 〈앞서가는 거북이〉는 섬의 명물이다. 어떻게 정해지는지 모르지만 한 마리의 특별한 거북이가 그의 꼬리에 꼬리를 물고 매달리는 나머지 네댓 마리를 끌고 기어다닌다. 본토에서는 이를 두고 노블리스 오블리주니, 진정한 리더십이니 하며 갖다 붙이는 모양인데, 나는 그게 언제나 형벌처럼 보였다. 꼬리에 제 몸집보다 큰 악어를 달고 다니는 거북이를 봤다는, 과장된 목격담도 심심찮게 들려왔다.)

전통 염전에서도 잠시 일을 했지만, 섬 특유의 근골을 물려받지 못했기 때문에 어깨와 무릎이 금방 고장나 버렸다. 천년 전통의 염전이라고 홍보를 하긴 해도, 역시 막연한 기억으로 복원된 사업이었다. 섬 청년회의 주 사업인데다 본토에서 지원금이 나오고 수익도 좋아서 하고 싶어 하는 사람이 정말 많았다. 여자들도 쉽게 할 수 있다고 하기에 어렵게 동창생에게 부탁해서 일을 얻었는데 몇 개월도 채 버티지 못했다.

그러니까 사람들이 받는 인상과 달리, 나는 정말로 모터 달린 튜브에 가까운 유람선에서, 가슴에 조악한 코코넛 껍데기를 달고, 되도 않는 민속춤을 추는 것밖에는 할 일이 없었다. 본토에 갈 수도 없고, 특출나게 할 수 있는 것도 없었다. 그나마 아무도 오지 않는 상점을 지키는 것, 오래되어서 크레용 냄새가 나는 립스틱이나 비위생적으로 말린 과일을 파는 그런 상점 직원이 되는 것보다는 돈을 많이 벌었다. 건전한 얼굴을 한 4인 가족의 가장들이, 가끔 후한 팁을 주기도 했다. 나머지 선원들도 나쁘게 굴지 않았다. 태어난 이래 섬은 내내 내게 불친절했는데, 그 작은 튜브선 사람들만은 예외였다. 그래서 가장 오래 일할 수 있었다. 섬을 떠나지 않은 아저씨들, 섬을 떠났다 돌아온 아주머니들은 내게 아무것도 묻지 않았다. 내가 춤을 추고 나서 난간에 너무 아슬아슬하게 앉아 있으면 짧은 휘파람으로 내 주의를 끌었을 뿐이다. 다 아빠 친구들이었으니까.

아빠.

아빠는 카누 챔피언이었다. 섬의 챔피언이었고 본토

의 챔피언이었고 2년 정도는 본토가 속한 대륙의 챔피언이기도 했다. 아빠의 경기 영상을 찾아본 적이 있는데, 별로 힘들지도 않아 보이는 잠잠한 얼굴이었다. 은퇴 후에는 카누를 포함해 어떤 배도 별로 타고 싶어 하지 않았다. 질려서라고 말은 했지만 섬의 다른 젊은이한테 질까 봐서였던 듯하다. 아빠는 은퇴 직후에 엄마를 만났다.

엄마는 본토에서 무언가 작은 사고를 치고, 섬으로 유학을 온 상태였다. 섬에서 본토로 유학을 가는 경우가 대부분이지만 가끔 쫓겨나다시피 섬으로 오는 사람들도 있었다. 겨우 십대를 벗어난 엄마는 학교엔 거의 나가지 않고, 아빠와 나를 낳아 두 살까지 키웠다. 그제야 본토의 가족들이 뒤늦게 쫓아와 엄마를 끌고 갔다는데, 아빠 말로는 울고불고 몸부림을 쳤다지만 그래 놓고 다시는 돌아오지 않았다는 건 일관성이 없으므로 거짓말인 것 같다. 너무 어렸고 여러 결정을 후회했기 때문에 가버린 게 아닌가 싶다.

「아빠.」

「응?」

「나 엄마 얼굴이랑 비슷해?」

「아니.」

언젠가 물었을 때, 아빠의 대답이 빨랐다. 대답하기 쉬워서 빨랐던 건지, 싫어서 빨랐던 건지 알 수 없어서 재차 물었다.

「정말 안 닮았어?」

「응, 별로.」

「그럼 난 누구 닮았어?」

「음, 그쪽 친척 중 누군가랑 닮았겠지.」

아빠의 별로 힘 들어가지 않은 대답에서 깨달았다. 아하, 난 엄마를 닮은 게 아니라 그냥 본토의 전형적인 얼굴들 중 하나를 닮은 거구나. 아빠는 다행히 나에게서 실패한 사랑의 흔적을 읽지는 않는구나.

아빠는 그 모든 일에 대해 굉장히 상처받았던 것 같지는 않지만, 뭘 배우긴 했던 모양이다. 다시는 낯선 방문자들을 거들떠보지 않고 새엄마와 결혼했으니 말이다. 새엄마는 전형적인 섬사람이었고, 비록 섬의 열악한 교육 환경 때문에 길게 공부하진 못했지만 머리가 비상했다. 비전이 있다 해야 할지, 수완이 있다 해야 할지 하여간 집안을 일으켜 세웠고, 그 머리는 그대로 여동생 셰인에게 갔다. 쓸데없는 감정적 소모를 하는 편이 아니어서 나를 일찍 독립시킨 것 역시 새엄마였다. 본토에서 들어온 체인 슈퍼마켓에서 나를 마주치기라도 하면, 새엄마는 가볍게 내 이름을 불렀다.

「애슐리.」

마치 어릴 때부터 보아 온 동네 여자아이에게 알은체를 하듯이. 그 거리감은 내 쪽에서도 편하고 편리했다.

애슐리와 셰인. 윗세대는 원래 섬에는 없었던 발음인 〈sh〉가 매우 신기했었나 보다. 우리 세대엔 그 발음이 들어가는 이름이 아주 많았다. 애슐리만 해도 356명이 있다고 했는데, 아마 그사이 더 태어났을 거다. 나는 그 애슐리 중 한 명이었다. 본토에서는 이미 유행이 50년은 지났을, 촌스러운 이름인데도 섬사람들은 신기해했다. 입술을 모아 슈, 하는 소리를 내고 싶어 했다. 솔직히는 좀 힘없는 느낌이 아닌가 생각해 왔고, 늘 내 이름이 아닌 것만 같았다. 애쉬. 태어날 때부터 재였던 여자애. 누가 날 애쉬, 라고 친근하게 부를 때 오히려 나는 정신이 번쩍 들었다.

여섯 살 차이가 나는 셰인은 날 한 번도 애쉬라고 부르지 않았다. 뭐라고도 부르지 않았다. 셰인은 고등학교 때부터 본토에서 공부했고, 장학금을 이중 삼중으로 받고 의대에 진학한 이후로는 연락이 거의 끊겼었다. 그 애가 내게 가장 많이 했던 말은 아마도 〈허huh〉일 것이다. 아주 기가 막히다는 듯이, 마치 내게서 삶의 온갖 부조리를 다 발견한다는 듯이 그렇게 내뱉곤 했다. 〈허〉가 아니다. 〈헣〉에 가깝다. 어찌나 본토 사람처럼 끝에 오는 에이치를 발음하는지, 그 앤 정말 본토에 갔어야만 했다. 내가 유람선에서 춤추는 일을 시작한 게 그 애가 막 떠날 준비를 할 즈음이었다.

「어쩜 그렇게 편하게 살아?」

예의 〈헣〉의 표정으로 셰인이 비아냥거렸다. 전혀 편한 구석 같은 건 없다고 대답하고 싶었지만 타이밍을 놓쳐 버리고 말았었다.

그다음 해에, 새엄마가 먼저 본토로 갔고 다음다음 해에 아빠도 갔다.

「너도 가지 않을래?」

아빠가 물어 준 건 기뻤지만, 아빠도 내 대답을 알고 물었을 것이다. 내가 없어도 그 가족은 완결되고, 본토에는 내 자리가 있을 리 없었다. 거리감을 유지해야만 했다. 서로를 해치지 않는 거리감을.

그리하여 홀로 남은 나는, 관광객들의 시선을 등에 받으며 아슬아슬 유람선 난간에 앉아 발목이 흔들리게 두었다. 아무 데나 자라는 야생 난초 꽃을 아무렇게나 머리에 꽂아 둔 것이 바람에 흔들리는 게 좋았다. 스콜이 내리면 차양에 가려지지 않은 몸의 반만 딱 젖었다.

그러니까 그 대재앙이 덮치기 전에, 나는 어느 정도 만족스러운 삶을 살고 있었던 것이다. 패배감도 입안에 오래 두고 굴리면 사탕 맛이 나니까.

그 모든 일이 본토 사람들에게 일어난 일인지, 본토 사람들이 일으킨 일인지에 대해서는 쉽게 말하기 어렵다. 본토 사람들은 언제나 그랬다. 그럴듯한 의도로 시작해서 모든 걸 망쳐 버렸다. 지난 2백 년간 내내 그랬듯이. 확실하게 말할 수 있는 부분은 섬과는 아무 상관 없는 일이었

단 것이다.

25년 전부터 그 소행성이 지구를 향해 오고 있단 건 알고 있었다는데 그런 기사를 읽은 기억은 나지 않는다. 그렇지만 지구를 스쳐 지나가는 돌덩이들은 한둘이 아니고, 사람들은 우스갯소리 삼아 다음에는 제발 명중해 달라고 푸념하곤 했으니까. 그런데 임팩트 시점에서 3년 전에 계산해 보니 생각보다 결과가 좋지 않았다. 6개월 전에는 과녁이 본토 한복판인 게 분명해졌고 말이다. 그러자 웃는 사람들은 현저히 줄어들었고 오래 준비해 온 계획을 가동시키자는 데 합의가 모아졌다.

그 계획이란 것은 노후 우주 셔틀을 이용하는, 언뜻 듣기에도 안전할 뿐 아니라 경제적으로도 바람직한 계획이었다. 58회를 성공적으로 운항했지만 수명이 다한 미리엄호에 소형 탄두를 실어 예상 궤도에서 미리 충돌을 시키면, 대기권에 진입했을 때 미사일로 처리하는 것보다 피해가 현격히 적을 것이라고 했다. 계획은 몇 번이고 다시 검토되었고, 전문가들의 자신만만한 표정에 다들 안심했다. 심지어 충돌 시점에 루프 톱 파티들이 계획되기도 했다고 들었다. 불꽃놀이를 기다리는 아이들처럼 신나 했던 모양이다. 전 세계 방송국이 이벤트를 예고하듯 관련 뉴스를 틀었다.

섬사람들도 소행성이 도착하던 날, 다 같이 생방송을 보고 있었다. 대단히 궁금했다기보다는 본토 사람들의 호들갑을 비웃으려는 목적이었다. 나는 런치 뷔페에서 음식을 뜨고 있었다. 감자 샐러드에 그레이비소스를 조금 뿌리고 있었을 때, TV 앞의 사람들이 한꺼번에 내지른 소리를 기억한다. 미리엄호가 모두를 배신했다. 충직한 미리엄호, 58회나 우주를 문제없이 왕복했던 미리엄호가 엉거주춤 뒤로 떨어지는 모습이 나오고 있었다. 지금까지도 밝혀지지 않은 이유로 미리엄호는 추진력을 잃었다. 바람을 만난 셔틀콕처럼, 화식 변기에 너무 오래 앉아 있던 사람처럼, 허리에 추를 달고 하는 잠수가 잘못된 것처럼 뒤로 힘없이 떨어졌다.

그리고 추락 지점은 하필이면 우주 항공 센터에서 몇 킬로 떨어지지 않은 곳에 있던 화생방 방어 사령부와 산하 연구 단지였다. 방송국도 채 신속하게 움직이지 못할 만큼

끔찍한 사태였다. 사람들이 그릇을 내려 두고 아무것도 먹지 못한 채 이어지는 뉴스를 지켜보았다.

「아니, 저 좆멍청이들이…….」

맨 앞줄에 앉아 있던 할머니가 정적을 깨고 처음으로 말했을 때, 모두 비슷한 심정이었다. 머저리들이 그렇게 자신 있어 할 때는 언제고!

그런데 그게 끝이 아니었다. 화생방 방어 사령부와 산하 연구 단지가 입은 피해는 대단한 규모였지만, 대다수는 제때 대피했고 화재도 곧 진압되었다. 문제는 이 화생방 방어 사령부에 있어서는 안 될 강력한 생화학 무기들이 있었다는 것이다. 판도라의 상자라도 열린 듯 깨진 실린더에서 사악한 것들이 피어올랐다. 은폐에 대한 시도들은 소용없었고, 국제 사회는 분개했다. 생화학 무기 금지 협약을 엉덩이로 깔아뭉개고 있는 본토의 대통령을 그린 시사만화가 떠오른다.

「뭐라 드릴 말씀이 없습니다…… 책임을 지고 사임하겠습니다…… 하지만 모두 국익을 위해 했던 일임을…….」

벙커에 피신을 해 있던 국방부 장관이 인터뷰에서 참

담한 얼굴로 말했지만, 그때는 이미 어마어마한 살상력의 생화학 무기 수십 종이 인접국까지 퍼져 인명 피해가 제대로 집산되지 않을 정도였다. 보유 무기가 십여 종이었다는 정부의 항변과는 달리, 외국에서 특파된 트레이서들의 결론은 적어도 25종은 넘는다는 것이 주류 의견이었다. 대개 36시간 내에 자연 분해되는 모델이었지만 액체화되면 효력이 계속 가는 경우가 있었기 때문에 피해가 컸다.

살아남은 자들은 폭동을 일으키고 싶었지만, 폭동을 일으킬 만큼 많은 사람들이 살아남지 못했다. 거리에 시신이 넘쳐 났다. 피부와 호흡기가 모두 녹아내린 처참한 모습이었고, 그 시신을 치우려다가 2차로 노출된 사람들도 많았다. 설상가상으로 죽은 이들을 묻은 곳의 토양과 지하수가 오염되었다.

막상 소행성은, 인접국도 아닌 다른 대륙의 우주 항공 강국에서 쏘아 올린 최첨단 미사일로 간단히 처리된 지 오래였다. 파편은 바다에 떨어졌다. 미사일 기술을 가진 나라들끼리의 신경전은 파편이 소리 없이 심해에 가라앉고도 한동안 계속되었다.

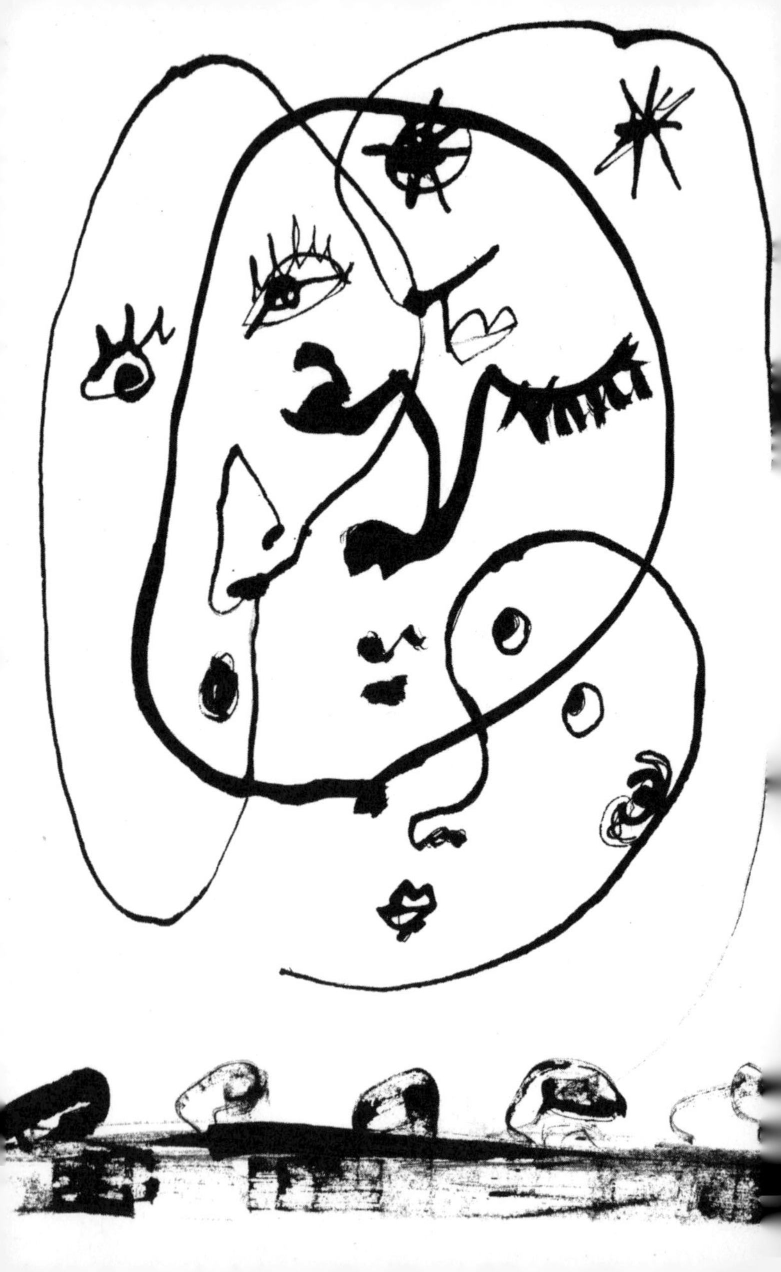

본토에서는 대대적인 탈출이 시작되었다. 21세기의 엑소더스였다. 섬사람들은 어떤 실감도 느끼지 못한 채 소식들을 접했다. 며칠 있자, 공산품이 들어오지 않게 되었고 그제야 상황이 피부에 와닿았다. 섬에는 공장이 거의 없었고, 본토에 거의 전적으로 의존하고 있었던 것이다.

부끄러운 이야기지만 슈퍼에 가서 평소에 좋아하던 캐러멜 초코 바를 박스로 구매했다.

처음 섬에 하나 있는 공항에 비행기들이 도착하기 시작했을 때, 우리는 최선을 다해 그들을 맞았다. 이제 약간 낙후되긴 했지만 한때 최고급이었던 리조트들이 무상으로 이 애처로운 난민들에게 개방되었다. 그 소수의 사람들이 잠시 체류한다고 생각했던 것이다.

그러더니 한두 주쯤 지났을까, 배들이 나타나기 시작했다. 크루즈는 물론 대형 화물선까지 갑판에 사람들을 가득 태운 채. 어떤 배는 수심이 얕은 섬의 항구에 정박을 못해 멀리 어정쩡하게 섰다. 배들이 끊임없이 나타나 섬을 에워쌌는데, 그건 섬이 감당할 수 있는 정도가 아니었다.

라스트 파라다이스.

본토 사람들이 섬을 두고, 한껏 애틋하게 불러 댔다. 섬사람들은 평소보단 너그러워진 편이었지만 정신을 잃고 상륙을 허가할 정도는 아니어서, 장기 대책이 설 때까지 그 보트 피플들을 배 위에 그대로 둔 채 돕는 게 최선이라는 판단을 내렸다. 모든 인적 자원이 난민들을 돕는 데 동원되었다. 섬의 청년회가 나를 찾아왔을 때, 새삼 나까지 부르다니 정말 손이 부족하긴 한가 보다 싶었다.

작고 날렵한 우리 유람선은 긴급 구호선이 되었고, 내가 맡은 일은 주로 식수를 배급하는 일이었다. 간이 샤워를 위한 바닷물 여과기도 설치하러 다녔는데, 펌프와 드럼통 몇 개를 이어 개조한 세면대 비슷한 것이었다.

한 화물선에서 여과기를 다 설치하고 청년회의 무선 통신을 기다리며, 줄을 서 씻는 사람들을 물끄러미 보고 있을 때였다. 누군가 팔을 신경질적으로 잡아당겼다. 돌아보니, 꾀죄죄한 꼬마 여자애였다. 섬까지 오는 내내 씻지 못한 모양이었다. 아이는 말없이, 그러나 뭔가를 요구하는 눈빛으로 나를 재촉했다.

「왜?」

「…….」

「아, 손이 안 닿아?」

보호자가 보이지 않았다. 어쩔 수 없이 아이를 안아 올려 씻는 걸 도와주었다. 짜고 비린 아이의 체취가 풍겨왔지만 싫지는 않았다. 아이들은 신기하다. 냄새가 나도 어른처럼 역하지 않다. 그보다 문제는 무게였는데, 한 팔로 아이의 허리를 감고 나머지 한 손으로만 씻겨야 해서 보통 일이 아니었다. 일곱 살 정도 된 아이는 보이는 것보다 무거웠다.

대충 다 씻겨 갈 때쯤, 갑자기 또 누군가 팔을 신경질적으로 잡아당겼다. 돌아보니 아이와 꽤 닮은, 아이의 엄마로 짐작되는 여자였다. 잠시 어디 다녀오니 웬 낯선 여자가, 게다가 섬 여자가 자기 아이를 씻기고 있어 놀란 모양이었다. 놀란 것은 이쪽도 마찬가지였다. 여자와 나는 잠시 서로를 마주 보았고, 이내 그쪽에서 고맙다는 말을 흐리게 한 다음 아이를 데려갔다. 아이는 어른들의 경계심은 하나도 신경 쓰지 않고 그저 씻은 게 개운한 표정이었다. 그럼 됐다 싶었다.

「사진 좀 써도 돼요?」

갑판을 가로질러 걸어오며 외신 기자가 내게 물었을 때, 나는 유괴범 취급을 받은 민망함에서 채 빠져나오지 못해 판단을 잘못 내렸다.

「무슨 사진이요?」

「아까 아이 얼굴 씻길 때 장면이 좋아서 찍었는데, 써도 돼요?」

「어디에요?」

「보도용이죠, 뭐. 크게 안 나가요. 그보다 데스크에서 잘라 버리는 경우가 더 많으니, 그냥 절차상 묻는 거예요.」

「아, 네, 그러세요.」

벌 떼 같은 외신 기자들에 사실 좀 진절머리가 나 있었지만, 큰 카메라를 메고 다니기엔 체구가 작고 앳되어 보이는 아시아 남자에게 어쩐지 느슨해졌던 것이다.

「이름이 뭐예요?」

「애슐리.」

「원래 여기 출신이에요?」

「네.」

「오케이.」

그러니까, 그 사진이 먼 나라 저명한 신문 일면에 대문짝만하게 실리고 재인용에 재인용되고 인터넷에서 퍼지고 퍼져 전 지구 사람들이 다 아는 사진이 되고 나서야, 나도 보았다. 섬의 인터넷 속도는 형편없었고 다들 컴퓨터 할 시간에 차라리 서핑을 하니 시간 차가 생겼다. 그 며칠 사이, 사진을 찍혔다는 사실조차 까먹고 있었기에 누가 말해 줬을 때는 대체 무슨 이야긴가 했다.

그 사진 속에 있는 건 도무지 나 같지가 않았다. 거대한 볼트와 너트가 불거져 있는 화물선 갑판, 조악한 드럼통 여과기, 화물선을 타고 오느라 상태가 엉망이었던 그 여자애, 그리고 그 여자애를 안고 씻기고 있는 나…… 모두가 그대로이긴 했지만, 색감과 음영은 본 적 없는 것이었다. 화물선의 적당히 녹슨 갑판이 이렇게 강렬했던가? 내 주근깨가 저렇게 극적인 간격으로 흩뿌려져 있었나? 아이가 저렇게 혈색이 나빴나? 머리에서 흘러내려 목덜미에 달라붙은 시든 꽃은 저런 연보라색이었던가?

나는 눈을 내리깔고 있었는데, 하필 땀이 한 방울, 속눈썹 끝에 맺혀 있었다.

눈물을 흘리는 섬의 애슐리.

캡션을 보니 기가 막혔다. 이 사람들아, 이건 아무리 봐도 땀이잖아. 애가 너무 무거웠다고!

아는 사람도 모르는 사람도 나를 보면 그 사진 이야기를 꺼냈다. 어딜 지나기만 하면 다들 카메라를 들이밀었다. 무척 귀찮아서 다른 업무로 바꿔 달라고 요청을 넣었다. 때마침 셰인이 돌아왔기 때문에, 청년회는 배려한답시고 나를 구호 병동에 배치했다.

셰인은 끔찍한 몰골로 돌아왔지만, 내 사진에 대해 알고 있었고 멀리서 날 보자마자 온몸으로 〈허〉 하고 웃었다. 나는 셰인에게 아빠와 새엄마에 대해 묻고 싶었지만, 셰인의 얼굴을 보자마자 물어보면 안 된다는 걸 깨달았다. 그러자 셰인은 〈너도 그 정도 머리는 있구나?〉 하는 표정을

지었다.

본토에서 막 수련의 과정에 들어갔던 세인은, 병동에서 바쁘게 일하며 잡무를 줄 때만 나에게 말을 걸었다. 주로 시트를 걷고, 빨고, 다시 깔았다. 섬에선 빨래가 오후 한나절이면 기분 좋게 마르곤 했다. 일전의 사진 기자가 나를 찾아온 것도 빨래를 걷고 있을 때였다.

「독점 계약을 맺지 않을래요?」

「네?」

「초상권 말예요.」

「됐어요. 안 그래도 이미 충분히 번거로워졌어요.」

「돈을 줄게요. 지금 상황에선 일을 할 수 없잖아요.」

「금방 지나갈 거예요.」

「아니, 앞으로 적어도 3년은 지속된다고 봐야 할 것 같은데.」

「……3년이나요?」

3년이나 유람선이 운행되지 않으면 그건 좀 큰일이었다. 자원봉사자들에게도 의식주가 제공되긴 했지만, 급료가 나오는 것은 아니므로 자칫하다간 민물 새우를 잡아야 할지도 몰랐다. 섬에서 가장 적은 임금을 받는 게 민물 새우를 잡는 일이었는데, 어깨까지 강물에 몸을 담근 채 나무뿌리에 매달려야 하는데다 팔뚝만 한 악어들이 오락가락하는 게 께름칙했다. 소형 악어도 악어는 악어였다. 게다가 그렇게 어렵게 잡은 민물 새우는 어찌할 수 없이 비려서 젊은 사람들은 잘 먹지 않았다.

「급료, 얼마나 받고 있었어요? 이전에?」

나는 그 순간 머리를 굴려, 금액을 살짝 올려 말했다. 사진 기자는 별 반응 없이 수긍하는 것 같았다.

「하지만 그쪽도 가난해 보이는데, 나한테 그만큼 매달 줄 수 있어요?」

그러자 기자가 웃었다.

「이상하게 돈이 있어도 늘 가난해 보이는 타입이에요. 내추럴 본 빈티랄까. 그렇지만 애슐리 씨 덕분에 저작권료도 좀 받고 있고, 대형 갤러리가 붙었어요. 신경 쓰지 마시고 평소대로 다니시면 돼요. 제가 티 안 나게 찍을게요.」

열대에 잘 적응을 못하는지 땀띠로 뒤덮인 그 작은 남

자가 약간 애처롭기도 했다.

「이름이 뭐예요?」

「※√¯§∽°／↗♪＋$％&.」

「네?」

「※√¯§∽°／↗♪＋$％&.」

「발음을 못하겠어요.」

「그냥, 〈리〉라고 부르세요.」

처음에 셰인은 리만 보면, 슈슈슛, 하고 입으로 쉿소리를 내며 쫓아 보냈다. 아니, 동네 개도 아니고 사람한테 슈슈슛이라니…… 셰인에게 내가 맺은 계약에 대해 설명해야 했지만 부끄러워서 미뤘다. 다행히 리는 눈치껏 망원렌즈를 이용하기 시작했고, 나는 정말 리를 신경 쓰지 않게 되었다.

우리 세기의 나이팅게일, 섬의 애슐리.

섬의 태양 아래 병원 시트들이 마르고 있고, 그 사이를 오락가락하는 내 옆모습이 반은 실루엣으로 찍힌 사진이 또 세계를 떠돌기 시작했다. 리는 정말 사진에 재능이 있는 모양이었다. 누리끼리한 시트들이 그토록 경건하게 나왔으니 말이다.

살아남은 자들의 축제, 춤을 추는 섬의 애슐리.

연례 행사인 〈어깨 카누 축제〉가 열렸다. 역시 급조된 전통 춤 축제였지만, 그것대로 꾸준히 하다 보니 정말 전통처럼 여겨졌다. 음식은 한참 모자랐지만 음악은 넘쳤고, 어쩌다가 보트 피플이 되어 버린 본토 사람들도 모두 섬에 상륙해서 함께 춤을 추었다. 〈어깨 카누 춤〉은 건장한 마을 청년들이 카누 모양으로 생긴 가죽 안장을 어깨에 메고 아가씨들을 태워 추는 군무였다. 본토 사람들은 즐거운 비명을 지르며 어깨에 올라탔다가 어지럽다며 금방 내려왔다.

「애슐리, 내 카누에 올라타 줄래?」

청년회장인 아투가 물었을 때, 나는 깜짝 놀랐다. 그때껏 동년배 남자에게서 춤 신청을 받은 적이 없었기 때문

이다. 섬 남자애들, 특히 청년회 소속 남자애들은 내게 데이트 신청 따위를 하는 게 섬의 자존심을 깎아 먹는 일이라고 생각하는 것 같았다. 챔피언이 뜨내기 본토 여자에게 홀려 낳은, 수치스러운 상대라고까진 말하지 않았지만 그들의 눈빛에는 언제나 미량의 경멸이 섞여 있었다. 아투는 특히 늘 강렬한 시선을 던져 나를 불편하게 만들었는데 춤을 신청하다니 믿을 수 없었다. 내 카누에 올라타 줄래, 하고 나도 모르게 입안으로 되풀이했다. 그 말이 언제나 좀 야하게 들린다고 생각했지만 최대한 밝은 표정으로 그의 어깨에 올라탔다.

아투는 나보다 네 살이 어렸지만, 섬의 구심점이었다. 해외에 방영되는 섬 홍보 광고에서 아투는 폭포수를 맞고, 성인식을 하고, 그물을 걷어 올리고, 횃불을 들고…… 게다가 사실 섬의 권력은 원로회보다 청년회에 몰려 있었다. 원로회는 리조트 시설 허가 같은 굵직한 문제에만 가끔 나섰는데, 그마저도 요즘은 그럴 일이 흔치 않았다. 휴양지다 보니, 섬사람들은 태어날 때부터 은퇴한 것처럼 권력에

는 별로 관심이 없었고 아투의 야망은 전무후무하게 이례적인 경우였다. 그러니까 나는 그 모든 혼란을 통제하는 리더, 섬사람들의 사랑을 한 몸에 받는 남자의 어깨 위에서 춤을 추게 된 것이다. 그제야 진정으로 〈섬의 애슐리〉가 된 기분이었다. 다른 355명의 애슐리는 내게 이름을 뺏겼다. 뒤늦게 섬에 받아들여진 셈이었고, 서러움이 잊힐 정도로 좋았다. 그날, 사진 속의 나는 편도선이 보이도록 웃고 있다. 리가 찍은 사진 중에 그 사진을 가장 좋아한다. 고개를 젖힌 내가 조그맣게 나오고 군무를 추는 사람들이 가득 나왔기 때문에, 마음이 편했다.

어깨 카누에서 내려와 캠프파이어 가장자리로 물러났을 때, 셔터를 누르느라 바쁜 리를 보았다.

「근데 왜 나를 찍어요? 생각을 좀 해봤는데, 난민 중의 한 사람을 찍는 게 더 목적에 부합하지 않아요?」

그러자 리는 웃었다. 그건 다른 사진작가들도 하는 빤한 생각이라고.

「애쉬는 모르죠? 저 바깥 사람들은 애쉬의 얼굴에서 차별과 화해, 오리엔탈리즘과 세계 시민 의식, 물질적

가난과 정신적 해방, 비극과 희망을 읽어요. 당신이 딱이에요.」

남의 얼굴에서 이상한 걸 많이도 읽네, 나는 어이가 없었다.

섬의 자매, 애슐리와 셰인.

「애쉬.」

셰인이 처음 듣는 부드러운 목소리로 불렀을 때, 나는 잔뜩 긴장했다. 그건 결코 흔히 있는 일이 아니었다. 셰인이 나한테서 뭔가를 원하기는 쉽지 않으니까.

「인터뷰를 좀 잡아 봐. 큰 걸로.」

「왜? 리가 사진 찍는 것도 싫어했잖아.」

「나라고 계속 섬에 있을 건 아니잖아. 본토가 아니라도 이 사태가 좀 진정되면 다시 나가야지.」

「응?」

「다른 병원에 다시 자리를 구해야 한다고.」

「그런데?」

그쯤에서 셰인은 좀 짜증을 냈다.

「지원자가 얼마나 많은데. 엇비슷한 지원자라면 뭔가 사연이 있는 쪽이 뽑힌단 말야.」

리의 팀엔 인터뷰 전문 기자도 있었다. 나는 셰인과 다정하게 어깨동무를 하고, 얼굴이 크게 클로즈업된 사진을 찍었다. 가깝게 맞붙은 우리 자매의 얼굴은 어딘지 베네통 광고를 떠올리게 했다. 질문에 대한 대답은 주로 셰인이 했다. 기자는 나에게서도 뭔가 이끌어 내려고 시도했지만 실패했다.

묘지 위에 학교를 짓다, 섬의 애슐리.

가장 시급한 건 학교였다. 처음에는 천막에 가까운 가건물에서 수업을 듣게 했으나, 더위와 해충 때문에 한계에 이르고 말았다. 대책 회의가 몇 날 며칠에 걸쳐 열렸고, 결국 전쟁 기념 공원 일부를 학교 부지로 돌리기로 했다. 말이 묘지지, 그곳에 묻힌 사람은 얼마 되지 않았다. 섬 근처에서 일어나서 휘말렸을 뿐 섬의 전쟁도 아니었는데 죽은 사람들은 대개 물에 가라앉았거나 한꺼번에 화장되었다. 전쟁 가해자들이 지어 준 그 공원이 마음에 안 들어서 다른 매장지를 찾은 가족들도 많았다. 모두 기분 나쁘게 생각하는 빈 땅이었으니 더 적합한 부지도 없었을 것이다.

나는 바로 학교 건물을 짓는 데 투입되었다. 어려울 것은 하나도 없었다. 목조 건물을 짓는 기간은 짧았고, 위험하지 않은 일은 아이들에게도 맡겨졌다. 터가 터이니만큼 아이들이 괴담을 지어내며 무서워하지 않을까 걱정했는데, 햇빛 아래서 함께 몸을 움직이니 분위기가 건강해졌다. 첫 사진을 함께 찍은 여자아이도 다시 만났다. 여전히 뚱한 얼굴로 알은체를 해왔다. 리가 그 장면을 놓치지도 않고 포착해서 여자아이와 나는 페인트를 얼룩덜룩 묻히곤 다정하게 고개를 기울인 채 세계에 안부 인사를 보내게 되었다.

우리가 예상치 못했던 것은 섬의 교육열이었다. 본토 최고의 사범 대학 출신 교사 여럿이 신설 학교에 왔다는 소문이 퍼져, 형평성 문제가 불거졌다. 결국 섬의 아이들과 새로 온 아이들을 섞어 추첨으로 재배치를 해야 했다. 교사들도 마찬가지였다. 정말 섬사람들과 본토 사람들이 공정한 낙원이라도 건설하려는 것처럼 보였다.

우드스톡, 애슐리와 아투.

다섯 번째 우드스톡이 섬에서 열린다고 했을 때, 섬사람들은 물론 트라우마에서 벗어나지 못한 본토 사람들마저 흥분으로 술렁였다. 한 번도 섬을 찾아오지 않았던 밴드들이 한꺼번에 섬을 찾아온다는 소식에, 셰인에게 함께 가자고 해볼까 하던 차였다.

연락도 없이 아투가 숙소 앞에 왔다.

「맨 앞줄 티켓이 있어. 같이 가지 않을래?」

아투.

아투는 섬을 최초로 밟은 인간 남자의 이름이었다. 전설 속에서 아투는 대양을 혼자 카누로 가로질러 섬을 밟았고, 다시 떠날 필요가 없어지자 효용을 잃은 카누는 여자가 되었다고 했다. 아투는 정말로 이야기 속에, 벽화 속에

굵은 선으로 존재하는 아투를 닮아 있었다. 아투가 지나가면 섬의 양아치들은 잠시 소음의 데시벨을 낮췄다. 그의 등은 언제나 어떤 표정을 가지고 있었는데, 그게 평화로운 표정일 때는 거의 없었다. 앞서가는 거북이 중 앞서가는 거북이, 다들 포기하고 마는 싸움을 끝까지 하는 이였다. 비록 내 애잔해하는 눈빛을 아투는 경멸의 눈빛으로 받아치곤 했지만.

그 경멸 속에, 욕망도 섞여 있을지 모른다고 가끔 감지하지 못했던 것은 아니다. 욕망의 대상이 되면 몸속에서 슬몃 당겨지는 센서 같은 근육이 있었다. 내 앞에 선 그날의 아투를 보고도 그랬다. 나는 나중에 전화로 알려 주겠다고 겨우 대답했다.

그러고 보니 셰인이 어렸을 때, 아투를 매우 따랐던 것이 기억이 났다.

「아투가 우드스톡에 같이 가재.」

「가.」

셰인은 뒤도 돌아보지 않고 모니터를 바라보며 대답했다.

「너 어릴 때 아투 좋아하지 않았어?」

세인이 온몸으로 웃었다.

「그게 언제 얘기야? 섬의 멍청이들한테 관심 없어. 그래도 아투라면 언니한텐 과분하지.」

내용이랑 상관없이 언니라고 불러 줬다고 속으로 좀 기뻐하면서 나는 아투와 우드스톡에 가기로 했다. 마지막 날 맨 앞자리였다. 심지어 아투는 무슨 연설인가도 한다고 했다.

20세기와 21세기의 가장 유명한 아티스트들이 왔다. 티켓은 공짜였지만, 전 세계에서 본토 재건과 섬의 구호시설 확충을 위한 기부금들이 쏟아졌다. 아투의 연설은 헤드라이너들의 공연을 앞두고였다.

「……얼마 전 오래된 달력을 보았습니다. 그 달력은 우울한 농담 삼아, 달마다 일어난 역사적 재난들을 해당 날짜에 표기해 두었는데, 9월만 해도 재난이 일어나지 않은 날이 거의 없더군요. 수백 년만 더 지나면 비어 있는 날짜 칸은 하나도 남지 않을 것입니다.

재난이란 것의 특성은 결국, 재난에 휘말린 사람의 개

별성을 전혀 고려하지 않는다는 데 있는 게 아닌가 하는 생각을 했습니다. 그러니까 개인이 얼마나 선량하고, 얼마나 인류 공영에 이바지할 재능을 가지고 있는가는 전혀 고려되지 않습니다. 재난에겐 공정함은 물론 효율성조차 없는 겁니다.

우리는 그렇게 우리의 가치를 몰라주는 재난과 재난 사이에 서 있습니다. 짧은 소강상태에 불안해하며 서 있습니다.

그러므로,

재난을 만나기 전에 우리가 만난 건 얼마나 다행인지.」

그 말을 하면서 아투는 계단을 내려와 내 앞에 무릎을 꿇었다. 그의 손에서 작은 은세공 반지가 조명을 받아 반짝였다. 나는 전혀 예측하지 못했지만, 주최 측에서는 알고 있었던 모양이었다. 지미집에 매달려 있던 카메라가 유려하게 내가 있는 쪽을 향했으니까. 각도 좋은 몇 미터 밖에서 리가 셔터를 멈추고 손을 흔드는 게 보였다. 저놈도 알고 있었군, 가벼운 배신감을 느꼈다.

하지만, 이건 곤란한데.

하지만, 카누 춤을 함께 춘 게 다인데.

하지만, 아투인데.

그럼에도 내게 주어진 대답은 하나밖에 없음을 나는 1초의 몇백 분절 안에 알았다. 세계가 지켜보고 있는 청혼을 거절할 수 있을 리가.

신도시를 위한 테이프 커팅식, 애슐리와 아투.

다행히 약혼 기간은 점점 길어졌다. 아투가 보트 피플들을 위한 신도시를 유치하기 위해 동분서주했기 때문이다. 반대 의견이 거셌지만, 결국 천연 염전의 반 정도를 신도시를 위해 양보하기로 했다. 기나긴 선상 생활에 지친 본토 사람들의 입주 신청이 넘쳤다. 테이프 커팅식의 가위는 크고 무거웠는데, 내 손은 아투의 손에 그저 걸쳐 있어서 무게를 느끼지 않았다. 사진 속의 나는 약간 멍해 보인다. 아마 딴생각을 하고 있었을 거다.

바쁜 와중에 아투와 나는 가끔 함께 걸었다. 사람들이

끊임없이 인사를 건네 왔기 때문에 정작 둘이 이야기할 시간은 짧았다. 한 번도 내게 인사한 적 없었던 사람들이 갑작스럽게 친밀감을 표했다. 하도 포옹을 많이 당해 코끝에 겨드랑이 냄새가 났다. 내가 굳어 있으면, 아투는 복화술을 하듯이 상대방은 못 듣고 나만 들을 수 있는 크기로 속삭였다.

「웃어.」

혹은,

「손 흔들어.」

하고 말이다.

아투는 다른 사람들에게는 잘 털어놓지 않는, 아직 구체화되지 않은 섬에 대한 비전을 내게는 편하게 털어놓았다. 연인의 다정함과는 거리가 멀었지만, 그런 방백은 그것대로 특별히 느껴졌기 때문에 나는 가만히 듣고 있었다. 꼬리를 문 거북이로 평생을 살아왔으면서, 앞서가는 거북이인 양 애써 태연히. 이야기할 거리가 떨어지면 아투는 느리고 무겁게 키스를 해왔다. 우리의 느린 짝짓기에는 정말로 거북이를 연상시키는 부분이 있었다. 언젠가 리는 이

것도 찍고 싶어 할지 몰라, 나는 늘 엉뚱한 생각을 하며 아투가 얼른 자기 숙소로 돌아가고 피로해서 젖산이 잔뜩 쌓인 내 몸이 쉴 수 있길 바랐다. 내게는 구체화되었든 되지 않았든 비전이 없었으므로, 매일 신도시 건설 현장에 아투를 따라가야 했다. 실상은 별 도움도 되지 않으면서 가벼운 자재들을 다루는 척도 해야 했다. 학교 하나를 짓던 때와는 달랐다. 거대한 굴착기와 기중기와 레미콘 트럭들이 섬에 들어왔다. 자칫하다간 깔려 버릴 것 같았다. 문득문득 유람선에서 춤을 추던 때가 그리웠다.

일이 매우 지겨웠기 때문에, 나를 쫓아다니는 리는 얼마나 더 지겨울까 하는 생각이 들어 말을 걸었다.

「이제 나 그만 찍고 싶지 않아요?」

「아뇨, 안 질리는데?」

「기승전결이 없잖아요, 플롯이.」

「나한테는 보이는데?」

리가 등산 조끼에 보조 카메라를 넣으며 웃었고, 나는 아마 고개를 흔들었을 것이다.

섬의 애슐리, 해변의 신부가 되다.

북소리가, 다른 섬까지 갈 것같이 컸다. 머리 위로 헬기가 날아다녔던 기억이 난다. 해변인데 모래보다 꽃잎을 더 많이 밟아서 발바닥이 빨개졌었다. 수만 명의 축하를 받았고, 누군가 각성제에 가까운 음료수를 계속 건네줘서 간신히 서 있을 수 있었다. 잘 모르는 지역 유지들, 멀리서 온 외국 손님들과 함께 빙글빙글 춤을 추느라 음식은 거의 입에도 못 댔다. 피로연이 끝나 갈 때쯤엔 셰인이 주사를 놔줬던 것 같은데, 그게 무슨 주사였는지도 묻지 못했다.

수천 장에 다다르는 웨딩 사진을 받아 보고 내가 놀랐던 건, 스스로가 멀쩡해 보이는데다가 심지어 행복해 보이기까지 했다는 거다. 그저 버티고 있었을 뿐이었는데.

신혼여행까지 기대는 안 했지만, 휴가 정도는 쓸 수 있을 줄 알았다. 오전이 다 가고 겨우 몸을 일으키자, 일찍 일어난 아투가 옆방에서 회의를 하고 있는 소리가 들렸다.

「……검사단이 갔다고? 우리는 왜 몰랐지?」

「공기 샘플이 도착…… 48개 주요 식수원도 검사했대…….」

「아마도 6개월 안에 대부분의 보트 피플들이 본토로 복귀할 거야…….」

「……신도시는? 염전을 콘크리트로 다 덮어 버렸는데, 이제 와서 어쩌라는 거야?」

「본토 사람들이 다 그렇지. 필요할 때만 우리를 찾고 또 잊어버릴 거야.」

상황이 갑작스럽게 복잡해진 모양이었다. 사람들이 돌아가고 나서도 한참 동안 아투는 회의실에서 나오지 않았다. 아투가 안으로 내는 소리를 나는 어쩐지 들을 수 있었고, 그래서 밖으로 나가 생선을 쪘다. 바나나 잎에 찐, 간을 제대로 하지 않은 생선을 먹으면서 아투는 생선 머리만을 뚫어져라 보았다. 내가 한 요리는 모두 끔찍하게 맛이 없었다. 전통 요리도, 퓨전 요리도.

새벽에 아투가 나를 흔들어 깨웠을 때, 나는 누군가 죽었다고 생각했다. 아투가 전에 본 적 없이 암담한 얼굴을 하고 있었던 것이다.

「화물선 하나에 불이 났어.」

「사람들이 타고 있어?」

겁이 나서 물었다.

「아니, 지난주에 사람들이 다 내린 배야. 진화도 거의 끝나 가. 가서 돕자.」

나는 얼른 아투를 따라나섰다. 소방 인원이 모자라서 자원 소방원들이 늘 대기하고 있었고 사실 그 명단은 거의 청년회와 겹쳤다. 화물선에 가까이 갈 수 있을 만한 작은 배들이 어두운 밤바다를 가로지르고 있었다. 배들이 조명을 한껏 밝혔지만 하늘 자체가 어두웠다. 불꽃은 보이지 않았고, 긴 대각선의 연기는 흩어지는 중이었다.

「혹시나 누가 타고 있지 않았는지 확인해야 해. 장난삼아 빈 배에 오르는 사람들이 있으니까. 나랑 애슐리가 맨 아래부터 맡을게. 각자 맡은 층을 샅샅이 부탁해.」

간만에 아투가 내 손을 잡아끌었기 때문에, 나는 미

묘한 흥분이 상황에서 오는 것인지, 아무리 봐도 실패하고 있는 결혼에 대한 일말의 희망에서 오는 것인지 헷갈렸다. 배 후미는 손상이 심했고 바닥이 젖어 있어서 진화에 사용된 물인지 밖에서 들어온 물인지 고민하게 했다. 아무도 없었다. 기관실엔 그때까지 비상 전력으로 빛이 들어왔는데, 그 근처를 벗어나면 랜턴을 들고 파이프로 뒤덮인 벽을 손으로 짚어 가야 했다. 가끔 열기가 가시지 않은 파이프들이 있어 손을 데었다. 철벅이는 물은 터진 파이프에서 흘렀는지도 모르겠다는 생각이 들었다.

미로 같은 한 층을 샅샅이 뒤지고 다시 기관실로 돌아왔을 때였다. 무슨 말이든 해야 할 것 같았다. 아투 곁에선 언제나 능동적인 태도를 보여야 할 듯한 압박감이 있었다.

「아무도 몰래 이 배에 타지 않았던 것 같아. 그랬다 해도 불이 났을 때 가장 먼저들 대피했을 거야.」

아투는 동의하는 듯 고개를 끄덕이곤 무전기를 꺼냈다.

「철수를 시작한다.」

그러나 무전을 끝내고도 위층으로 올라갈 생각을 하

지 않았다. 나는 눈빛으로 아투를 재촉했지만, 아투는 조각상처럼 그림자 짙은 얼굴을 하고 멈춰 서 있었다.

「왜 그래? 요즘 힘들어서 그래? 신도시 때문에?」

아투가 천천히, 한숨을 한숨처럼 들리지 않게 하기 위해 숨을 끊어 쉬며 내 어깨를 붙들었다. 나는 간만의 포옹이려니 싶어 가만있었는데, 한순간 아투가 내 손목을 플라스틱 케이블 타이로 묶어 버리는 것이었다. 나는 충격에 빠졌으나, 그 손목이 다시 적당한 파이프에 묶이고, 발목이 한쪽씩 묶일 때쯤엔 왜냐고 묻지도 않을 만큼의 체념과 수긍에 이르렀다.

아투에겐 마지막 비극이 필요했던 것이다. 천연 염전을 콘크리트로 발라 버린 실패자가 아니라, 사고로 일생일대의 사랑을 잃고도 섬에 봉사하는 비련의 영웅으로 남고 싶은 아투를, 그 짧은 시간에 읽어 버렸다. 내가 아투를 그토록 깊이 이해하고 있었단 걸 아투가 알았다면 나에게 그런 짓을 저지르지 않았을지 가끔 궁금하다.

「섬의 애슐리로, 남고 싶지 않아?」

아투도 나를 잘 알고 있었다. 내가 비명을 지르지 않

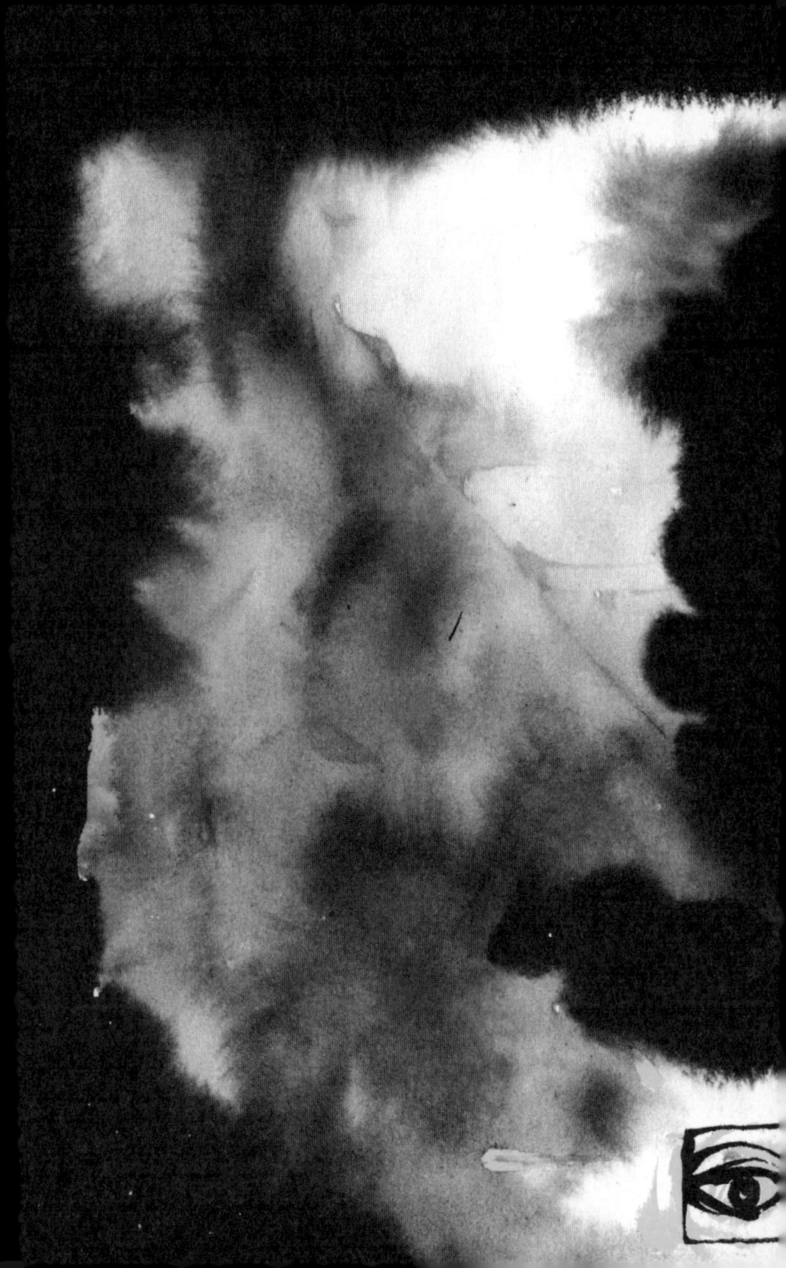

을 거란 걸. 한심하게 포기하리란 걸. 아투가 땀과 폐기름 냄새가 날 내 옆 이마께에 입을 맞춘 다음 혼자 계단을 올라가는 것을 그대로 지켜보았다. 아투의 굳은살 많은 발과 샌들이 떨어졌다 붙었다 하며 이중으로 내는 소리가 멀어지는 걸 들었다.

케이블 타이를 가지고 왔다는 점에서 미리 계획된 일이었다. 그것은 확실했다. 나는 확실하지 않은 점들에 대해 궁금해했다. 불도 아투가 질렀던 걸까? 아니면 소식을 듣자마자 이용하기로 한 것일까? 묶어 둔 채 내버려 둘 셈인 걸까? 다시 돌아와 죽일까? 나의 부재를 언제쯤 알릴 셈일까? 내가 언제 사라졌는지, 그걸 언제 깨달았는지 아투의 머릿속에 이미 완성된 이야기가 있을까? 사람들은 그 이야기를 단번에 믿을까? 믿기지 않아도 믿고 싶어서 믿어 버리는 데는 얼마나 걸릴까?

나는 점점 더 깜빡임이 잦아지는 기관실의 조명을 올려다보았다. 배가 기분 나쁘게 흔들렸다. 태어나서 한 번도 뱃멀미를 한 적이 없는데 속이 좋지 않았다. 빛이 없는 곳에서 흔들림은 그대로 흔들림일까, 나도 모르게 중얼

거렸다. 아투에겐 흉측히 불탄 폐선도 관광 명소로 만들 만한 능력이 충분했다. 섬은 항상 더 많은 관광 명소에 목말라하니 가만둘 리 없다. 비극적인 장소를 비정하게 선호하는지도 몰랐다. 섬의 애술리. 영원히, 섬의 애술리로 남아…….

스ㅌㅌㅌㅌㅌ탁.

익숙한 셔터 소리가 들렸을 때, 공포로 환청을 듣는 줄 알았다. 욕심 부린 연속 촬영의 길고 특이한 리듬감 때문에, 나는 수십 명이 촬영 중일 때도 항상 리의 셔터 소리를 구분할 수 있었다. 그렇지만 그럴 리가 없다고 일부러 고개를 더 숙였다. 희망을 갖고 싶지 않았다.

「아아, 결정적인 장면은 똑딱이로밖에 못 찍었네.」

기관실 구석에서 끙차, 하며 리가 기어 나왔을 때에야 나는 정말 벌어지고 있는 일인 걸 알았다. 리는 곡예사처럼 좁은 공간에서 몸을 폈고, 쇼크와 어둠 때문에 동공이 확대된 멍한 내 얼굴을 접사로 찍었다. 묶인 손목과 발목도. 그리고 장난스럽게 웃었다.

「나 없었으면 어쩌려고 그랬어요? 이야, 저놈 진짜 사이코패스네.」

리가 오토바이 열쇠를 바삐 놀려 케이블 타이를 끊어 주며 말했다.

「특종이다, 특종. 자다 깨서 따라오길 잘했어요.」

「……안 갈래요.」

「어딜?」

「위에.」

「대체 무슨 소리예요?」

리가 내 팔을 슬쩍 꼬집었다.

「약 했어요? 약도 먹였나?」

그러나 난 고집스럽게 파이프를 붙잡고 늘어졌다.

「어차피 이제 끝났어요. 아무도 내 말은 믿지 않을 거예요. 아무도. 거짓말을 하는 쪽은 나라고 할 거예요. 내가 미쳐서 아투를 모함한다고 할 거고, 그러면 모두에게 끝까지 거부당할 거고, 사람들이 나를 역겨워하며 쳐다보면, 그러면……」

내가 횡설수설했음에도, 리의 작고 명민한 눈이 진지해졌다.

「무슨 이야긴지 알겠어요. 일단 여기서만 나가요. 나한테 계획이 있어요.」

리가 파이프를 쥔 내 손을 직접 떼어 냈다. 손가락 하나씩. 내 손가락이 나를 묶고 있는 것 같던 그 상태를 기억한다.

「이러지 말고. 지금이 아니면 기회가 없을 수도 있단 말예요.」

갑판으로 올라오자, 불을 죽이고 가까이 떠 있는 작은 고무보트가 보였다. 모터까지 까맣게 칠한 보트였다. 섬 사람이 운전하고 있었기 때문에, 나는 기름을 얼굴에 더 바르고 리에게 빌린 스포츠 수건 비슷한 걸 머리에 썼다. 다행히 운전하는 사람은 내게 별 주의를 기울이지 않았다. 기자들을 태우고 다니는 데 익숙해질 대로 익숙해진 듯했다. 다른 배들은 먼저 해변 쪽으로 한참 가 있었다. 곧 동이 틀 모양이었다.

우리 배만 해변이 아닌, 선단의 가장자리를 향해 나아가는 듯 나아가지 않는 듯 나아갔다. 섬에 가까워질수록 몸이 떨렸는데 리가 조끼를 벗어 주었다.

「걱정 마요. 저길 가는 게 아니에요.」

쇼크 상태에서도 의아함을 느꼈는데, 리가 그 짧은 시간에 생각해 낸 방책은 효율적이었다. 나를 며칠 후에 본토로 돌아가는 가장 큰 배에 태운 것이다. 리는 그 새벽에 선장과 모종의 거래를 했고, 나는 말 그대로 섬을 다시 밟을 일이 없었다.

그게 끝이었다.

배에서 내렸을 때는, 한 번도 호흡해 본 적 없는 차가운 공기가 기다리고 있었다. 리가 기념품 가게에서 급하게 사온 질 나쁜 긴팔 티셔츠가 있어 다행이었다.

나와 리는 기항지 중 한 곳에서 내려 리의 나라로 갔다. 그곳은 리처럼 재빠른 활기로 가득 찬 도시 국가였다. 동물로 치자면 심박수가 무척 높은, 피가 바쁘게 도는 작은 동물 같았다. 나는 그곳의 부유하는 이물질이었다. 도무지 적응하지 못하고 정신없어 했지만 그래도 싫지 않았다. 모든 게 엉망인데 결국은 제대로 굴러가는 그 춥고 이상한 곳에 정착했다. 당연히 서류가 좀 부족했지만, 본토의 사태로 그런 서류 부족엔 조금 너그러웠던 시대였다. 다른 이름을 얻는 것도 어렵지 않았다.

한동안은 작은 방에서 TV만 봤다. TV 채널이 무척이나 많았다. 방영되는 내용도 자극적이었다. 그 강한 자극도 둔하게 느껴졌기에 스스로가 정상이 아닌 걸 알 수 있었다.

리는 내내 나를 설득하려고 애를 썼다. 이제 안전한 곳에 있으니 아투의 진실을 섬사람들에게, 모두에게 알려야 한다고 말이다. 그게 나와 리의 의무라고 했다.

「그렇지만 사람들은 진짜 무슨 일이 있었는지 관심이 없어요. 결국은 이미지와 말들의 싸움이 될 거고, 나는 소모당할 거예요. 옳다고 믿는 일을 하는 사람들조차도 나를 소모할 거라고요.」

나의 말에 리는 충격을 받은 것 같았고, 더 이상 설득하려 들지는 않았다. 포토라인에 선 애슐리 같은 건 되고 싶지 않았다. 두꺼운 옷과 난방비를 스스로 책임질 수 있도록 일자리를 구하는 것만이 나의 관심사였다.

「내가 그냥, 이 마지막 사진들 어디 보내 버리면 어쩌

게요?」

「그럴 사람 아니라는 거 아니까 여태껏 찍게 했죠.」

그 와중에 섬에선 내 찢어진 옷과 신발 한 짝이 해변에 밀려온 채로 발견되었다. 아투의 굳은 얼굴이 TV에 나왔고 그 뒤엔 셰인도 서 있었다. 셰인의 의심으로 좁아진 미간을, 나는 화질 좋지 않은 화면 너머로도 분명하게 알아볼 수 있었다. 두 눈썹 사이에서 그 똑똑한 전두엽이 얼마나 열심히 일하고 있을지를. 아투는 셰인만은 속일 수 없을 것이었다. 망설이다가 인터넷 카페에 갔다. VPN을 쓰고 전혀 다른 나라의 이메일을 만들어서 셰인에게 메일을 보냈다. 나는 괜찮아. 그러니까 아투를 조심해. 아무 말도 하지 말아 줘.

셰인은 답장으로 손가락 욕설 이미지 한 장을 보내 왔다. 그렇지만 다음번 내 장례식에서는 꽤 괜찮은 연기를 해냈다.

사무실 청소부로 일했고, 화덕 피자 가게에서 서빙도 했고, 항공 택배 회사에서도 일했다. 그러다가 수족관에 취직해서 오래 일했다. 열대어 관에서 하루에 두 번 잠수

쇼를 하는 일이었다. 리의 도시 사람들은 이상할 정도로 수족관을 좋아해서 수족관이 많았고 수족관끼리 경쟁도 심했다. 덕분에 나는 근본 없는 섬의 춤을 물속에서 추게 되었다. 어린이 관객들과 유리를 사이에 두고 손바닥을 마주했다. 물에선 소독약 맛이 나고 혀로 비늘을 뱉어야 했지만 나쁘지 않았다. 수족관의 한구석에는 섬에서 온 거북이 무리도 있었으나, 어째서인지 어느 녀석도 다른 녀석의 꼬리를 물거나 하지는 않고 멀찍이 흩어져 있기만 했다. 십수 년을 그렇게 지내다, 댄서로서 은퇴하고는 매점에 파트타임직을 얻었다.

리는 명절마다 나를 집에 초대했다. 리와 리의 아내와 리의 아이들은 다람쥐처럼 즐거워 보였다. 그간 리의 사진집 『섬의 애슐리』는 저널리즘-다큐 사진계의 대표적 작품이 되었고, 심지어 판권을 사겠다는 영화사도 몇 군데 있었다. 리는 그런 제안들을 완곡하게 거절하면서도 매년 내 사진을 찍어 왔다. 그의 식탁에서 웃고 있는 모습을. 아이들의 귀에 꽃을 꽂아 주는 모습을. 매점에서 플라스틱 물고기를 파는 모습을. 언제 공개할 수 있을지 모를 사진을 계속 찍는 리를 이해할 수 있을 것도, 없을 것도 같았다.

생각이 바뀐 건 우연히 틀어 둔 해외 뉴스를 보다가, 갓 십 대를 벗어난 젊은 운동선수가 인터뷰를 하는 모습을 접하고서였다. 오랜 학대에 대한 증언을 하고 있었는데 울고 있지 않았다. 고개를 숙이지도 눈을 피하지도 않았다. 나는 그 선수의 얼굴과 이름이 전 지구적으로 노출되고 오용되고 말 것을 상상하고 겁에 질렸으나, 곧 그럴 필요가 없다는 걸 깨달았다. 이어 아투가 살아 있을 때 돌아가서 마주해야 한다는 것도 알았다. 섬은 아투의 노력과는 상관없이 내내 하향세였지만, 아투는 병석에 누워서도 여전히 존경받고 있다고 했다. 그가 죽기 전에, 의식을 놓기 전에, 말을 잃기 전에 가야만 했다.

「이제 Vol.2를 내야 하지 않을까요?」

내가 먼저 그렇게 말하자, 리가 깜짝 놀랐다. 그러고는 작업실에 데려가 인화한 사진들을 보여 주었다.

「요즘 사진들도 좋지만, 그보다 그 사진들로 시작해야 하지 않을까요?」

리의 눈이 진지해졌다.

「미안해요, 겁쟁이라서.」

그가 고개를 저었다.

나는 섬으로 가는 비행기표를 예매했다. 마침 특가로 나온 표가 있었다. 숙소는 예약하지 않았다. 셰인은 섬을 떠나지 않았고, 반쯤 비어 있는 신도시의 유일한 병원을 하고 있다고 들었다. 내가 문간에 나타나면 허, 하고 수십 년치의 웃음을 웃겠지.

사람들은 심지어 내가 그 애슐리가 아니라고까지 말할 것이다. 닮은 여자가 외국인과 거짓말을 한다고 할 것이다. 아무도 원래부터 그 애슐리가 없었다는 걸 알지 못하므로, 나는 사진의 연속선상에 서서 여러 버전의 이야기 중 하나가 될 것이다. 그러나 플래시에 눈을 감지 않고 말하겠다. 그것만으로도 세계에 지지 않게, 소모당하지 않게 된다는 걸 이제는 안다.

섬에는 요즘 어떤 이름이 유행할까 궁금하다.

“ 은은한 폭력 속에 살아온 사람이
어렵게 껍질을 벗는 과정을
그리고 싶었다 ”

정세랑

이 이야기는 어떻게 탄생되었나?

열대의 섬을 여행하다가 작은 배를 탄 적이 있다. 그때 항해를 하던 선원 한 사람이, 특정 지점에 이르자 옷을 갈아입고 무표정하게 전통 춤을 추는 모습을 보고 강렬한 인상을 받았다. 춤을 추고 있긴 하지만 마음은 완전히 다른 데 있는 것 같았다. 관광 산업 종사자는 억지로 웃어야 할 때가 많을 텐데, 전혀 웃지 않아서 더 좋았다. 그 이미지를 가상의 세계로 옮겨 보고 싶었다.

실제로 염두에 둔 장소가 있는지?

존재하지 않는 섬이다. 섬뿐만 아니라 본토도. 어디와도 닮았을 것이고 어디와도 닮지 않았을 것이다. 일반적인 식민지에 대한 이야기라고 할 수 있을 것 같다.

이 소설 속에서 가장 강렬한 이미지는 아무래도 외신 기자 리가 찍은 애슐리의 사진이 아닐까 싶다. 다큐멘터리 사진에 대해 평소에 어떤 생각을 가지는가?

다큐멘터리 사진전을 보러 종종 간다. 세계의 참혹함에 너무 익숙해져 갈 때, 익숙해지지 말라고 외치는 사진들이 있다. 다큐멘터리 사진작가들을 존경한다. 사명감을 가지고 세계의 가장자리를 걷는 사람들이 아닐까? 사진이라는 장르 일반에 대해서는 강렬한 이미지에 매혹을 느끼면서, 또 그 이미지가 현혹에 사용되기도 한다는 점도 자주 생각한다. 언어도 마찬가지지만 말이다.

정치적이고 탐욕적인 인물들 틈에서 주인공은 대비를 보여 주듯 긍정적이고 순응적이다. 착한 캐릭터를 만드는 이유가 있나?

평소에는 악인보다는 이타적인 사람들의 목소리를 작품 속에 반영하려고 노력하는 편이다. 악인의 변명을 굳이 나까지 해줄 필요는 없다고 여겨서다. 그런데 이 소설의 애슐리가 선하고 긍정적인

지는 잘 모르겠다. 그보다는 목소리가 희미하고 수동적인 자신을 똑바로 자각함으로써 겨우 섬의 폭력에서 벗어나는 인물이 아닌가 한다. 평생을 은은한 폭력 속에 살아온 사람이 어렵게 어렵게 껍질을 벗는 과정을 그리고 싶었다.

주변의 실제 인물들에게서 캐릭터를 따온다고 이야기를 한 적이 있는데, 이번 작품의 애슐리도 그러한가?

앞서 말한 대로, 애슐리에겐 여행에서 만난 여성 선원의 이미지가 조금 들어갔다. 셰인의 경우 친한 친구들의 성격이 반영되었을지도 모르겠다.

소설은 머릿속에 이미지를 만들고 그것을 글로 그려 내는 작업이기도 한데, 실제의 일러스트는 소설과 어떤 관계를 맺을 수 있을까?

서로 자극을 줄 수 있는 영역인 것 같다. 더 자주 창작자들이 마주칠 수 있는 기회가 있으면 좋겠다. 창작자와 창작자가 서로를 발견할 때의 폭발력을 원한다.

이야기를 쓸 때 상상했던 이미지와 한예롤의 그림은 어떻게 같고 어떻게 다른가?

다소 정적인 소설이 아닌가 걱정했는데, 에너지가 넘치는 작품을 작업해 주셔서 기뻤다. 물의 이미지가 강렬해서 마음을 빼앗겼고, 특히 거북이가 마음에 든다.

그림 작품이 계기가 되거나 그로부터 영감을 받은 적이 있나? 또한 같이 일해 보고 싶은 일러스트레이터나 화가가 있다면?

엘 그레코El Greco가 그린 독배를 든 성 요한 그림 「사도 성 요한Saint John the Evangelist」이 『이만큼 가까이』에 영향을 미쳤다. 종교는 없지만 성 요한 그림들은 좋아한다. 독이 잔에 담긴 작은 용으로 표현된 게 좋다. 요즘 좋아하는 일러스트레이터는 프랑스의 로렌 솔레Lorraine Sorlet나 일본의 에미 우에오카Emi Ueoka이다. 요새는 해외의 작가들도 쉽게 접할 수 있어 기쁘게 작업을 지켜보고 있다.

이야기를 짓는 것이 자신에게 어떤 즐거움을 주는가?

작게 흩어져 있던 아이디어들이 퍼즐처럼 맞춰져 하나가 될 때 가장 즐겁다.

정세랑에게 〈소설〉은 무엇인가?

가장 가볍고 가장 자유로운 이야기 매체.

단편 소설의 장점은 무엇일까?

어떤 작가를 처음 만나 보는 기회가 될 수 있을 것 같다.

〈소설〉은 현시대에 어떤 힘을 지닌다고 생각하는가?

드라마나 영화나 게임처럼 제작하는 데 비용이 많이 드는 이야기는, 자본을 가진 사람들이 선택한 이야기이다. 소설은 그렇지 않다. 영상 장르에서 수십 개의 이야기가 태어날 때, 텍스트 기반의 장르에선 수천수만 개의 이야기가 터져 나온다. 정글처럼 우거지는 다양성의 생태계다. 소설의 형태와 종류가 풍부한 사회가 건강한 사회일 거라 언제나 믿고 있다.

가장 좋아하는 단편 소설은 무엇인가?

황정은의 「대니 드비토」. 전철에서 읽다가 이수역에서 내렸어야 했는데 남태령역까지 갔다.

> 소설을 쓸 수 없는 상황이 닥친다면 어떤 식으로 〈이야기〉에 대한 욕구를 표현할 수 있을까.

소설을 쓸 수 없는 상황을 생각하고 싶진 않고 또 되도록 오래 쓰고 싶지만, 그런 날이 온다면 읽는 것만으로도 충분하다. 죽는 날까지 읽을 수 있으면 좋겠다. 쓰는 것보다 읽는 것을 훨씬 좋아한다.

"바다 어디쯤의 색을 불러오고 싶었다"

한예롤

그림을 그릴 때 어떤 것들에서 영감을 받는가?

아이들의 질서 없는 드로잉과 숨은 그림 찾기.

이 소설을 읽고 처음 떠오른 이미지는 어떤 것이었나?

습한 여름 바다의 일몰을 뒤로하고 민속춤을 추는 여자 그리고 고래의 배 속 같은 밤바다가 동시에 떠올랐다.

글이 가지지 못하는 그림만의 강점이 있다면 무엇일까?

때론 직감으로 느낄 수 있다는 것.

작품을 보면 선이 면이 되기도 하고 텍스처가 되기도 한다. 선 드로잉이 지닌 매력은 어떤 것이라고 생각하는가?

〈눈으로 그리고 손은 전달만 하는 거야.〉 내가 아이들에게 드로잉을 설명할 때 자주 하는 말이다. 눈으로 그리고 있는 대상을 연필 끝에서부터 전달할 수 있다면, 드로잉은 감각의 연결체인 동시에 무한한 흔적을 남길 수 있다는 가능성이다.

칠드런 아트라는 장르를 만든 것으로 알려져 있다. 이 작업에도 어린 아이의 시선이 반영되었는가?

아이의 시선으로 보고 그릴 수 있는 것이라면 어떤 작업이든!

컬러로는 어떤 이미지를 강화하고 싶었나?

바다 어디쯤의 색을 불러오고 싶었다.

같이 일해 보고 싶은 문인이 있다면?

언젠가 젊은 시인에게 내 그림이 운율이 되면 좋겠다고 메모해 둔 적이 있다. 지금은 윤동주 시인의 이름을 적어 두고 싶다.

가장 좋아하는 단편 소설은 무엇인가?

장 그르니에의 「섬」.

그림을 그릴 수 없는 상황이 닥친다면 어떤 식으로 〈그림〉에 대한 욕구를 표현하겠는가?

벌써 후회가 밀려온다. 나는 후회라는 감정이 제일 어렵다. 한동안은 눈으로 그리다 마음에 띄우기를 반복하다 잠 속으로 들어갈 것 같다. 잠에 지칠 때 즈음부터는 편지를 쓰고 있지 않을까. 이 질문에 대해 생각이 계속 바뀌어 며칠을 고민해 보았는데 나는 편지를 쓰고 있을 것 같다.

정세랑

2010년 『판타스틱』에 「드림, 드림, 드림」을 발표하며 작품 활동을 시작했다. 장편소설 『시선으로부터』, 『피프티 피플』, 『보건교사 안은영』, 『재인, 재욱, 재훈』, 『이만큼 가까이』, 『지구에서 한아뿐』, 『덧니가 보고 싶어』와 산문집 『지구인만큼 지구를 사랑할 순 없어』가 있다. 제7회 창비장편소설상, 제50회 한국일보문학상을 받았다.

한예롤

어려서부터 아카데믹한 것을 거부하고 혼자 자연스럽게 그림을 그리기 시작했다. 아이들과의 소통이 작품 세계에 강한 영향을 미쳐 2007년부터 아이들과 그림을 그리며 칠드런 아트라는 장르를 창작해 활동하고 있다. 2009년부터는 프랑스에 거주하며 릴과 파리에서 작업을 했고, 2012년엔 〈아뜰롤리에ATELOLIER〉라는 작업실을 서울에 열고 칠드런 아티스트로 활동하고 있다.

TAKEOUT 01

섬의 애슐리

글 정세랑 **그림** 한예롤 **발행인** 홍예빈·홍유진 **발행처** 미메시스
주소 경기도 파주시 문발로 253 파주출판도시
대표전화 031-955-4000 **팩스** 031-955-4004
홈페이지 www.openbooks.co.kr **email** webmaster@openbooks.co.kr

ISBN 979-11-5535-131-4 04810 979-11-5535-130-7(세트)
발행일 2018년 6월 1일 초판 1쇄 2021년 10월 15일 초판 5쇄

이 도서의 국립중앙도서관 출판예정도서목록(CIP)은 서지정보유통지원시스템 홈페이지(http://seoji.nl.go.kr)와 국가자료공동목록시스템(http://www.nl.go.kr/kolisnet)에서 이용하실 수 있습니다.(CIP제어번호: CIP2018015714)

이 책은 실로 꿰매어 제본하는 정통적인 사철 방식으로 만들어졌습니다.
사철 방식으로 제본된 책은 오랫동안 보관해도 손상되지 않습니다.

미메시스는 열린책들의 예술서 전문 브랜드입니다.

TAKE OUT

테이크아웃은
단편 소설과 일러스트를 함께 소개하는
미메시스의 문학 시리즈입니다.

01 **섬의 애슐리** 정세랑×한예롤

02 **춤추는 사신** 배명훈×노상호

03 **우리집 강아지** 김학찬×권신홍

04 **밤이 아홉이라도** 전석순×훗한나

05 **우리는 사랑했다** 강화길×키미앤일이

06 **정선** 최은미×최지욱

07 **뷰티-풀** 박민정×유지현

08 **부산 이후부터** 황현진×신모래

09 **사랑하는 토끼 머리에게** 오한기×소냐리

10 **비상문** 최진영×변영근

11 **몫** 최은영×손은경

12 **문학의 새로운 세대** 손아람×성립

13 **팬텀 이미지** 정지돈×최지수

14 **끓인 콩의 도시에서** 한유주×오혜진

15 **목견** 임현×김혜리

16 **꿈은, 미니멀리즘** 은모든×아방

17 **목격** 김엄지×람한

18 **이코** 정용준×무나씨

19 **부케를 발견했다** 최정화×이빈소연

20 **아무도 없는 숲** 김이환×박혜미